LE POËME

DE LA NUIT,

DE M. GESSNER,

MIS EN VERS FRANÇOIS.

PAR M. M*** Soldat au Régiment de Champagne, Compagnie du Lieutenant Colonel.

A METZ,

De l'Imprimerie de JOSEPH ANTOINE, Imprimeur ordinaire du Roi & de la Ville.

M. DCC. LXXII.

Avec Approbation & Permiſſion.

A MONSIEUR

LE MARQUIS

D E

SEIGNELAY,

BRIGADIER

DES ARMÉES DU ROI,

COLONEL

DU RÉGIMENT

DE CHAMPAGNE.

DIGNE Héritier d'un nom que la France révère,
De tes braves Guerriers le modèle & le pere,
Daigne prêter l'oreille à mes timides chants,
Encourage ma Muse & mes foibles talens.
Si je puis aujourd'hui mériter ton suffrage,
Secouru d'Apollon, j'oserai davantage :

Quand les François un jour combattront sous tes loix ;
Je te promets alors de chanter tes exploits.
Tu guideras leurs pas de victoire en victoire ;
Moi, je prendrai le soin de publier ta gloire :
Heureux, si mes accens couronnés du succès
Célebrent dignement l'éclat de tes hauts faits.

LE POËME

DE LA NUIT.

Nuit, paisible nuit, dont les voiles épais
Ont égaré mes pas sous ces ombrages frais,
Que tu me parois belle, & loin de mon
    Amante,
Que ton obscurité me ravit & m'enchante !
Pour mes regards surpris que d'objets séduisans !
Un plaisir inconnu s'empare de mes sens.
Aucun bruit en ces lieux ne frappe mon oreille,
Dans un calme profond la nature sommeille.

   L'astre du jour cessoit de parcourir les Cieux ;
Ses coursiers fatigués, & son char radieux,
Descendoient par degrés au sein de l'onde pure :
J'appercevois déja sa blonde chevelure
Se cacher dans les flots ; & d'un œil assuré,
Je fixois de ses feux l'éclat plus tempéré.

   Quel spectacle brillant ! mille legers nuages,
Bien différens de ceux qui couvent les orages,

A iij

Tels qu'un voile doré , de pourpre tout couverts ,
S'étendoient fur les bois , les côteaux & les mers.
Dans leurs nids fufpendus au milieu des feuillages ,
Les oifeaux revoloient & ceffoient leurs ramages.
Le Berger , en chantant , regagnoit fon hameau ;
Son chien hâtoit les pas de fon nombreux troupeau :
Alors ce calme heureux de toute la nature ,
Vint affoupir mes fens fur un lit de verdure.

    Quel bruit s'eft fait entendre au milieu de ces bois!
Amoureux Roffignol , eft-ce ta douce voix ?
Ou plutôt n'eft-ce point la démarche rapide
D'un Faune qui pourfuit une Nymphe timide ?

    Seul , dans l'obfcurité , féparé des humains ,
Que j'aime à promener mes regards incertains
Dans ces fombres forêts , afyle du filence !
Que la lune me plaît , alors qu'elle commence
A percer de fes feux le fommet tranfparent
De ces arbres qu'agite un doux frémiffement !

    O vous , charmantes fœurs d'une beauté parfaite ,
Fraîche & brillante rofe , aimable violette ,
Qui le jour & la nuit partagez les honneurs
De l'Empire de Flore ; ainfi que mille fleurs ,
Qui de leur Souveraine éclatantes compagnes ,
Embelliffent fa Cour , nos prés & nos campagnes ,
Quel ambre, quels parfums vous verfez en ces lieux!
Vos couleurs vainement fe cachent à mes yeux.
Tout ici vous trahit , & l'air qui vous décéle
Eft de votre préfence un précurfeur fidéle,

Votre sein odorant renferme les zéphirs
Qui se font dans le jour enyvrés de plaisirs ;
Et qui plus amoureux & plus legers encore,
S'éveillent aux rayons de la naissante aurore,
Pour verser par degrés la brillante liqueur
Qui répand dans les airs une douce fraîcheur.
   Mais quel bruit importun, quel discordant murmure
Interrompt le repos de toute la nature ?
Un vent frais & leger agite ces roseaux,
Et mille cris aigus sortent du fond des eaux.
N'est-ce point des marais la nation timide,
Qui des bords croupissans de sa retraite humide,
Fait retentir les airs de sa plaintive voix,
Avec autant d'ardeur que le chantre des bois
De ses accens flatteurs ranime l'harmonie,
Si-tôt qu'il apperçoit sa compagne chérie ?
Tel on voit un Auteur que dédaigne Apollon,
Ramper obscurément dans le sacré Vallon,
Par de tristes écrits conjurer son Mécene,
De soulager ses maux & de finir sa peine.
Sa muse vainement d'un stérile cerveau,
S'imagine enfanter quelqu'ouvrage nouveau,
Il parcourt, en tremblant, les cordes de sa lyre ;
Inutiles efforts ! Chaque son qu'il en tire,
Frappe à peine l'oreille & révolte les sens,
Toutefois enchanté de ses foibles talens,
Il croit, dans son yvresse, égaler l'harmonie
De ces Chantres divins qu'inspiroit Uranie.

Je découvre plus loin des chênes toujours verds,
Qui bravent la fureur des vents & des hyvers :
J'apperçois leur sommet qui surpasse & domine
Au dessus de ces prés une vaste colline.
Les voiles de la nuit, & de Phœbé les feux
S'y confondent ensemble, & présentent aux yeux
D'ombres & de lumiere un mêlange admirable.
Je distingue d'ici le murmure agréable
Du ruisseau qui serpente à travers le vallon :
Il roule un sable pur sur un plus pur limon.
L'écume de ses eaux transparentes & vives,
Arrose mille fleurs qui naissent sur ses rives.
  Mais quel objet reluit sur ce riant gazon ?
Et que vois-je briller au pied de ce buisson ?
Ici l'on apperçoit une clarté brillante ;
Là c'est une lumiere agitée & tremblante.
Telle on voit, en jettant une foible lueur,
S'éteindre par degrés la lampe d'un Auteur,
Tandis que maudissant son savoir inutile,
Son épouse languit dans sa couche stérile.
Muse, raconte moi quelle cause a produit
Cet éclat dont un Ver brille pendant la nuit ?
  Jupiter, dont le cœur plus d'une fois sensible,
Ressentit de l'amour le pouvoir invincible,
Percé d'un de ses traits, fut un jour enchanté
Des appas séducteurs d'une rare beauté.
Teint de rose & de lys, graces, taille légere,
Tout étoit ravissant chez l'aimable Bergere,

Mais Junon, qu'outrageoit cette infidélité,
Appella la vengeance en son cœur irrité.
Tant de fiel n'entre point dans le cœur de nos Dames,
Et tant de jalousie excite peu leurs ames,
Lorsqu'un époux volage injustement épris
Des attraits passagers d'une jeune Cloris,
Quitte furtivement, pour voler auprès d'elle,
Le lit où se repose une épouse fidéle.
De l'ardente Junon l'œil vif, l'œil inquiet,
Reconnut Jupiter, qui dans un verd bosquet,
Ayant d'un papillon pris la forme légere,
Folâtroit sur le sein d'une simple Bergere.
Elle regardoit tout d'un nuage brillant :
Quelle métamorphose ! Un insecte volant,
Peut-il donc s'enflammer auprès d'une Bergere,
Dit-elle, d'une voix qu'animoit la colere ?
Elle parloit encor, quand l'insecte trompeur,
De ce déguisement faisant cesser l'erreur,
De ses aîles couvrit la mortelle effrayée.
Junon, à cette vue, interdite, indignée,
Au dépit, à la rage abandonnant son cœur,
» Bergere, tu seras, dit-elle avec fureur,
» Ce qu'étoit ton amant avant sa perfidie ;
» Et pour mettre le comble à ton ignominie,
» Sur la terre sans cesse on te verra ramper.
Aussi-tôt Jupiter sentit se dérober
A ses embrassemens la Nymphe infortunée,
Et la vit commencer sa triste destinée.

La Déeſſe voulant de ce trait odieux,
Conſerver à jamais le ſouvenir affreux,
A l'étoïle du ſoir déroba la lumiere
Dont ce Ver aujourd'hui brille ſur la pouſſiere.

    Quel ſpectacle nouveau vient éblouir mes yeux ?
De nuages brillans l'aſſemblage pompeux ,
Étonne mes regards ; ils ſemblent à ma vue ,
Nager entre la terre & la vaſte étendue
Des Cieux reſplendiſſans & parſemés de fleurs ,
De l'or & de l'azur imitant les couleurs.
J'apperçois ſe jouer ſur leur frange éclatante
De folâtres amours une troupe riante.
De leurs aîles encor le plus leger duvet
Cotonne le contour , tapiſſe le ſommet ;
Ils verſent par degrés cette douce roſée ,
Qui rafraîchit le ſein de la terre épuiſée ,
Fertiliſe les bleds & mûrit les raiſins.
Ils ont tous éprouvé , ces petits Dieux malins ,
Combien ſont ſéduiſans pour une jeune fille ,
Le parfum d'une roſe & le vin qui pétille.

    Mais Diane déja ſous un nuage épais ,
Dérobe ſa lumiere , & confond les objets.
Aimable Déité , ſors de la nuit obſcure ,
Reparois à mes yeux plus brillante & plus pure.
Voudrois-tu toutefois ſéconder les projets
D'une Amante qui fuit tes rayons indiſcrets ;
Et couvrant ſon deſſein d'un voile impénétrable ,
A ſon Amant-heureux ſerois-tu favorable ?

Ou veux-tu me celer le timide embarras
Du tendre Endymion repofant dans tes bras ?
    Ah ! chaffe loin de toi ces enveloppes fombres,
Divinité charmante, & diffipe ces ombres.
Fais luire ton flambeau, qu'il conduife mes pas
A la fource où Philis rafraîchit fes appas,
Lorfque l'aftre du jour de fes ardeurs brûlantes,
Fait expirer les fleurs fur leurs tiges mourantes.
On voit de tous côtés plus d'un jeune arbriffeau,
Former à l'entour d'elle un mobile rideau
Impénétrable à l'œil d'un Amant téméraire ;
Mais cet enfant malin qu'on adore à Cythére,
Par le temps fecondé, m'a fait fubtilement
Creufer un faule antique, où je puis aifément
Contempler dans le bain mon aimable maîtreffe,
Sans bleffer fa pudeur, fans perdre fa tendreffe;
Saule myftérieux que je chéris bien plus
Que l'arbre favori de la belle Vénus.
Je ne me trompe pas, & mon ame enyvrée,
En voyant cette grotte à l'amour confacrée,
D'une joye innocente éprouve le plaifir,
Plaifir qui me rappelle un charmant fouvenir.
    Le foleil achevoit de parcourir le monde,
Et pour revoir Thétis rentroit au fein de l'onde.
Ses rayons dans ce jour plus ardens que jamais,
Invitoient fur le foir à jouir d'un air frais.
Ma Phylis s'échappant à travers la prairie,
Feignit de regagner fa cabane chérie.

Artifice frivole, en Amant inquiet,
Je vis fon ftratagéme & conçus fon projet.
Je vins, par un détour, d'une courfe légere,
Dans le tronc de ce faule, à mon pofte ordinaire.
Elle arriva bientôt, & telle qu'un oifeau
Qui faifant vaciller la branche d'un ormeau,
S'allarme au moindre fouffle & de rien s'épouvante,
Sur un lit de gazon elle s'affit tremblante,
Jettant de tous côtés des regards inquiets.
Tous les feux qui doroient la cime des forêts,
Formoient, fe confondant avec le crépufcule,
Un tendre demi jour, qui contre tout fcrupule,
Auroit dû raffurer fa timide pudeur.
Elle quitta d'abord fa chauffure fans peur,
Et fit voir à mes yeux des jambes arrondies,
Blanches comme les lys, pour tout dire accomplies.
D'un pied elle effleura la furface de l'eau,
Mais faifie à l'inftant d'un tremblement nouveau,
Bien-tôt elle parut regagner le rivage,
Puis blâmant fa lenteur & fon peu de courage,
Elle y mit l'autre pied, & fans plus balancer,
Jufqu'aux genoux alors je la vis s'enfoncer.
Que de charmes offerts à ma paupiere errante,
Qui perçoit le criftal de l'onde tranfparente !
Quelques momens après elle fortit de l'eau,
Et de fes vêtemens dépofa le fardeau.
Ses attraits dépouillés de leurs voiles perfides,
Se livroient fans réferve à mes regards avides;

Curieux, empreffé d'admirer tant d'appas,
Je courois, hors de moi, me jetter dans fes bras,
Lorfqu'un vent ennemi, contre toute efpérance,
De mes fens abufés trompant la jouiffance,
Contraignit ma Phylis à fe couvrir foudain.
De fa cabane alors elle prit le chemin.

    Cabane fortunée où Phœbé toute entiere
Se plaît à réunir fa plus vive lumiere,
Tandis que fes rayons femblent abandonner
Celles que dans le jour on voit t'environner.
Afyle des vertus, féjour de l'innocence,
Que j'aime à me flatter de la douce efpérance
D'habiter fous ton chaume au milieu des plaifirs
Avec l'objet aimé qui fixe mes defirs !
C'eft donc là que s'endort ma Bergere fidéle
Dans les bras du fommeil, qu'elle doit être belle !
Zéphirs, autour de moi, n'agitez plus les airs,
Partez pour rafraîchir la beauté que je fers.
Volez dans fa cabane où feule elle répofe,
Et careffés fon teint où le lys & la rofe
Uniffent à l'envi leurs brillantes couleurs,
Et toi, paifible Dieu des fonges féducteurs,
Auffi-tôt que des mois l'inégale couriere
Aura du blond Phœbus remplacé la lumiere,
Que ta main bienfaifante en verfant tes pavots,
A fes fens affoupis procure le repos.
N'occupe fon efprit que d'images riantes,
Comme fon doux fourire & fes levres charmantes.

Offre-lui fon Berger toujours tendre & conftant,
Et difpofe fon cœur à fentir vivement
De l'enfant de Cypris le pouvoir redoutable.
Qu'elle penfe me voir dans un fonge agréable
Couvrant fes belles mains de baifers pleins de feux.
Profite habilement de ces momens heureux,
Enhardis fa pudeur, dompte fa réfiftance.
Si tu me la foumets, de ma reconnoiffance
Vois quel fera le prix; je te confacrerai
Une grotte fecrette, & j'y dépoferai,
Senfible à tes bienfaits, chaque jour pour offrande,
Un mêlange de fleurs en forme de guirlande,
Dont les bouquets feront artiftement choifis,
Et treffés avec foin par la main de Phylis.
Dès que je reverrai cette Amante chérie,
Si d'un fuccès heureux mon attente eft fuivie,
Ses yeux étincelans de la plus vive ardeur
M'inftruiront de mon fort, j'y lirai mon bonheur.
Bientôt fon front couvert d'une rougeur nouvelle,
Deviendra pour mon cœur un indice fidéle,
Des plaifirs qu'elle aura, par un jufte retour,
Prodigués dans la nuit à mon fincere amour:
Alors je faifirai le moment favorable
De cueillir un baifer fur fa bouche adorable,
Son langage à ma voix fera plus animé,
Son regard plus touchant, fon cœur plus enflammé.
     O nuit, paifible nuit, ô toi qui me préfentes,
Tant d'objets féduifans, tant d'images charmantes,

Qu'à regret je verrois tes ombres s'éclipfer ;
Ton flambeau difparoître & le jour te chaffer ;
Si je n'avois l'efpoir que la naiffante aurore
Me rendra plus content, & plus heureux encore !

F I N.

www.ingramcontent.com/pod-product-compliance
Lightning Source LLC
LaVergne TN
LVHW022256030726
842520LV00009B/2850